무 명

(無名)

정 태 성 시집 (12)

도서출판 코스모스

무 명

(無名)

머리말

아니온 듯 다녀가라는 말이 있었습니다.

이름 없이 조용히 흔적도 남기지 말라는 뜻이겠지요.

그런데 왠지 글은 남기고 싶다는 생각이 듭니다.

존재했었다는, 그래도 살아있었다는 것을 남기고 싶은 것이

욕심이라면 욕심일 것입니다.

하지만 내면에서 내게 하는 말을 듣고자 또 시를 쓰고 글을 남

깁니다.

그 누군가가 보고 조금이라도 저의 존재를 알아주기를 바라

는 헛된 욕심인 줄은 알면서도 이렇게 또 하나를 남깁니다.

2022. 12.

저 자

차례

차례

1. 봄이 가기 전

눈부신 봄날이 한창이지만
누군가에겐
그렇지 않을 수도 있다

사방에 아름다운 꽃으로 가득하지만
누군가는
꽃 하나 보이지도 않는다

봄을 느끼건
느끼지 못하게
봄은 서서히 지나가고 있다

다시 오지 않을
봄이 이렇게 가고 있다

나는 어디에 서 있는 것일까

이 봄을 마음껏 즐기고
또 다른 계절을 기대하고 있는가

이 봄이 온 것도 모르고
다가오는 여름마저 두려워하고 있는 것인가

이 봄이 지나가기 전
두 팔을 펴야 하지 않을까

저 눈부신 하늘을 향해
고개를 들어야 하지 않을까

오늘도 어딘가에 이 봄에
피었던 꽃 하나 지고 있다

내일 또 하나의 꽃이 지기 전
그 꽃을 바라봐야 하지 않을까

2. 지나 버린듯

지나가 버린 듯
믿어지지 않으나
그렇게 지나가 버린 듯

흘러가 버린 듯
돌이킬 수 없이
그렇게 흘러가 버린 듯

잡을 수 없을 듯
손짓해 보아도
아마 잡을 수 없을 듯

3. 절망을 딛고

미워했던 사람도 떠나가고
사랑했던 사람도 떠나간다

어제 있었던 것도 잃어버리고
오늘 가지고 있던 것도 잃는다

그렇게 모든 사람이 떠나가고
모든 것을 잃은 듯했다

나의 마음과 영혼도 잃은 듯
절망의 날들의 연속이었다

생각해보니 처음부터
내 것은 없었다

떠나간 자리에 누군가가 오고
잃어버린 자리에 새것이 찾아온다

이제는 새로 다가온 것도
내 것이 아님을 안다

4. 비워야 하기에

너무 많은 것이
있었나 보다

빈자리가 없으니
들어올 자리가 없었다

마음도 비우고
영혼도 비운다

새로운 마음으로
세계를 볼 수 있도록

영혼의 메아리가
울릴 수 있도록

5. 불행의 근원

나의 삶을 있는 그대로
받아들이지 못했음으로

너무 많은 것을
얻고자 했음으로

나의 생각이
정답이라 생각했음으로

나의 뜻대로 모든 것이
이루어지길 바랐음으로

현실을 모른 채
이상만 쫓았음으로

아는 것도 없으면서
알고 있다고 생각했음으로

혼자서 모든 것을
해결하려 했음으로

시간이 얼마나 중요한지
삶이 얼마나 중요한지 몰랐음으로

불행의 근원은
바로 나에게 있었음을

6. 해질녘

해 질 녘
한 걸음 다가갑니다

멀리 사라질까
두려웠습니다

다시 못 볼까
겁도 났습니다

온 세상이
황홀하게 물들었습니다

아름다웠기에
소중한 추억이 있었기에

그 순간들만
생각하려 합니다

7. 밤에 흐르는 눈물

닿을 수 없다는 곳이
있다는 것은
아픔 그 자체인지도 모릅니다

바라는 것이 없다는 것이
살아있음을 느끼지
못하게 하는지도 모릅니다

존재는 그렇게
아픔으로 체념으로
채워져 가는가 봅니다

어쩌면 그러한 것들이
세상을 소중하고
아름답게 만들지는 모르나

깊어가는 이 밤에
내 안의 또 다른 나는
눈물을 흘리지
않을 수가 없었습니다

8. 절망을 딛고

미워했던 사람도 떠나가고
사랑했던 사람도 떠나간다

어제 있었던 것도 잃어버리고
오늘 가지고 있던 것도 잃는다

그렇게 모든 사람이 떠나가고
모든 것을 잃은 듯 했다

나의 마음과 영혼도 잃은 듯
절망의 날들의 연속이었다

생각해보니 처음부터
내것은 없었다

떠나간 자리에 누군가가 오고
잃어버린 자리에 새것이 찾아온다

이제는 새로 다가온 것도
내것이 아님을 안다

9. 비워야 하기에

너무 많은 것이
있었나 보다

빈자리가 없으니
들어올 자리가 없었다

마음도 비우고
영혼도 비운다

새로운 마음으로
세계를 볼 수 있도록

영혼의 메아리가
울릴 수 있도록

10. 행복이 지나가도

행복은 지나가는가 봅니다

오래도록 머무르면 좋으련만
그렇게 되지 않는가 봅니다

영원히 계속되는 것은
아무것도 없으니

행복이 지나간다 해도
걱정하지는 않습니다

얼마 지나지 않아
또 다른 행복은 찾아올 것입니다

11. 서툴렀나 보다

너무나 서툴렀나 보다

모든 것이
많이도 서툴렀나 보다

사랑하면서도
사랑할 줄 모르고

아끼면서도
아껴줄 줄 모르고

알면서도
알아주지 못하고

모든 것이 그렇게
서툴렀나 보다

12. 어쩔 수 없다는 것

어쩔수 없다는 것은
삶의 무게와
같은 것일지도 모릅니다

견딜수 밖에 없고
버틸수 밖에 없기에

더 다른 선택은 없기에
그 무게를 감당하기
어려운 듯합니다

바람처럼 가벼운 삶을
희망하는 건은 아니지만

삶에서 자유와
편안함을 원하는 것이
솔직한 마음입니다

이제는 그 어쩔수 없음을
받아들이고

삶의 무게에 연연하지
않으렵니다

13. 소리는 사라져 버리고

처음 듣는 소리였습니다

너무나 익숙한데도
예전에 들렸던 소리는
아니었습니다

그 소리가 나의 가슴에
파고 듭니다

왠지 모르게
그 소리로 인해

잊었던 일들이
잊었던 사람이 기억이 납니다

아직도 내 마음에
남아 있기 때문일까요?

다 사라져 버린 줄 알았는데
기억도 나지 않을 줄 알았는데

그 소리를 손으로라도
잡을 수 있으면 좋으련만

어느새 그 소리가
들리지 않습니다

14. 바람이 불어도

바람이 불지만
나에게 다가오지는
않는가 봅니다

그렇게 기다렸는데
언제 불어올지 궁금했는데

바람이 불어도
나에게 오지는 않는가 봅니다

저 바람은 어디로
가는 걸까요?

불어가는 저 바람을
마냥 한없이 바라보며
마음을 접을 뿐입니다

15. 변하지 않는

절대적인 사랑은
없는 줄 알았습니다
모든 것은 변하니까요

삶이라는 현실이
그렇게 다가와
말하기도 했구요

시간이 지나도
세월은 흘러도
변하지 않는 것을
희망했나 봅니다

마음속에 굳어지듯
이제 변하지 않는
그것을 소망합니다

16. 미워할 대상도 아니건만

미워할 대상도 아니고
싸워야 할 대상도 아닌데
왜 미워하고 싸우는 걸까?

무엇 때문에 그렇게 밉고
무엇 때문에 그렇게 싸우는 걸까?

돌아보면 아무것도 아닌 것을
지나고 나면 아무것도 아닌 것을

다른 시야로 바라본다면
그의 입장에서 생각해 본다면

다른 세계가 보이는 것을

17. 누구를 원망할까

나의 잘못을
인식하지 못했음에

나의 잘못은
그렇게 쌓여만 갔다

나도 모르게
타인에게 준 상처들
타인을 힘들게 했던 것들

나 또한 그러한 아픔을
받아 마땅할 뿐이다

나의 고통과 괴로움은
나로 인한 것이었음에
그 누구를 원망할까?

18. 그러고 싶었지만

뛰어넘고 싶었지만
왠지 모를 두려움으로
머뭇거릴 수밖에

극복하고 싶었지만
계속 다가오는 일들로
지쳐버릴 수밖에

잊고 싶었지만
깊이 새겨진 기억으로
못 잊을밖에

19. 그리워만 할 뿐

가고 싶어도
갈 수가 없기에
생각만 할 뿐입니다

보고 싶어도
볼 수 없기에
그리워만 할 뿐입니다

인사도 없이 헤어졌건만
다시 못 볼 줄을 몰랐습니다

세월이 아무리 흘러도
이제는 볼 수 없으니

마음만 저 먼곳으로
달려갈 뿐 입니다

20. 떠날 수밖에

애절하게 부르는
그 소리에
뒤를 돌아봅니다

멀어지는 모습에
발길 돌이고 싶으나

가야할 길이
정해져 있기에
그리 할 수 없었습니다

사람의 운명은
왜 이리 얄궂은 것인지

마음이라도 내려놓고
떠날 수밖에 없었습니다

21. 너무나 낯설어

오랜만에 만났지만
할 얘기가 없었습니다

너무나 낯설고
아주 타인같아서
입에 떨어지지 않았습니다

세월은 그렇게
마음마저 사라져
할 말이 없게 만드나 봅니다

지나온 시간이
이제는 너무나 많아
그저 운명으로
받아들일 수밖에 없나 봅니다

22. 산새소리

어디선가 들려오는
산새소리에

마음 무거워
몸은 스러지고

어디론가 흐르는
생각의 침잠속에

내 영혼마저
갈 바를 모르는 듯하다

23. 아름다움

아름다움이 무엇인지를
몰랐습니다

나와는 거리가 먼
저 세상의 것인 줄만
알았습니다

그래서 그랬는지
나의 삶이 그리
아름답지 않았나 봅니다

아름다움이 얼마나
가슴 저리는 것인 줄 알았더라면

지나온 시간이
더욱 의미있는 순간이었을 것을

이제야 알게되니
마음만 아플 뿐입니다

24. 운명에게 물어보고 싶었다

그 길을 걸을 수밖에
없었습니다

선택의 여지가 없었기에
한계에 이르렀기에

그 길외엔 다른 길이
보이지 않았습니다

그나마 그 길이라도
있었기에 살아갈 수 있었고

같은 상황이 와도
그 선택은 변함없을 것입니다

하지만 운명에게
물어보고 싶었습니다

왜 나에게 그랬냐고
왜 그 길밖에 주어지지 않았냐고

25. 내가 아닌 것 같아

지나온 삶이
내가 살아온 것 같지가 않아

내가 아닌
다른 내가 살아온 것만 같아

나의 주인은 누구였을까
나는 어디에 있었던 걸까?

나를 잃어버렸던 걸까?
내가 없었던 걸까?

나는 어디에 있었던 걸까?
언제 나 자신을 찾을 수 있을까?

이제 남은 삶이라도
내가 살아갈 수가 있을까?

26. 창밖의 비를 보며

일상이 끝나고
해가 저물 무렵
언제부턴가 내리는 비

비 내리는 창가에
홀로 가만히 앉아
조용히 듣는 쇼팽의 녹턴

녹턴의 잔잔한 음악에
나도 모르게 떠오르는
지나간 시절의 추억

추억속의 사람과
기쁨과 아픔을
함께 한 소중한 시간

시간의 흐름을 붙잡을 수도
돌이킬 수도 없으니
창밖에 내리는 비만 바라본다

27. 네가 살아있게 만든다

너만이 나를
살아있게 만든다

모든 것을 잃어
아무 것도 없는데

너로 인해 살아있음을
느끼고 있다

하지만 두렵다

너마저도 사라져 버린다면
나는 무엇을 바라고
살아갈 수 있을까

언젠가는 떠나갈텐데
그 언젠가는 떠나갈텐데

28. 우산도 없이

빗속을 혼자 걸었다
우산도 없이

누군가의 우산을
그리워 했다

같이 쓸 수 있기를
희망하면서

잃어버린 우산을
찾을 수 없었다

내리는 그 비를 맞으며
끝까지 혼자 걸었다

비가 그치기를 바라며
그렇게 혼자 걸었다

29. 가버린 후

그렇게
가게 될 줄 몰랐습니다

아무렴
돌아올 줄 알았습니다

기다리고
기다려도 오지 않았습니다

해가 저물고
밤이 되어도 오지 않았습니다

오늘도
이밤을 홀로 지새웁니다

30. 강가에서 울었다

흐르는 강물을 바라보며
하염없이 눈물을 흐렸다

나는 왜 여기 서 있는 것인가
무엇이 나를 여기로 이끌었는가

왕은 눈이 뽑히고 죽었다
여인들은 팔려 나갔고
남자들은 노예로 끌려왔다

모든 것이 원망스러웠다
어디서부터 잘못된 것인지
알 수조차 없었다

그 누구를 탓해야 소용도 없으리
모든 것은 나로부터였는지도 모른다

누가 나를 여기서
구해줄 수 있을까

나는 언제 다시 그곳으로
돌아갈 수 있을까

31. 사무치도록

사무치도록 소중한
존재였습니다

어떤 모습이든
문제가 되지 않았습니다

따스한 마음으로
그렇게 안았습니다

존재함만으로도
바랄 것 없이 충분했습니다

영원히 내 곁에
있기를 희망하며

아무 욕심도 없이
항상 함께하길 소원했습니다

세월은 잡을 수 없나 봅니다

언제 어느새 사라져 버려

이제는 만나지를 못하니

오늘 꿈에서나마
볼 수 있기를 희망합니다

32. 아무일도 없는 듯

아무 일도 없었던 것 같습니다
그 큰 일을 겪었는데도

왜 그런지 알수가 없습니다
그 일이 나의 일이 아닌듯

감각마저 잃어버린 듯 합니다
너무 아파서 실감이 나지 않아서

어쩌면 그것이 당연한지도 모릅니다
삶은 어차피 별것이 아니니까요

33. 닿을 수 없는 곳

너에게 가닿을 수가 없었다

무엇인지 모르는
그 어떤 것이 가로막고 있어서

어디론가 멀어지는 듯한
점점 더 멀어지는 듯한
내가 갈 수 없는 곳으로

이제는 그 소리도 희미해져가는
기억조차 희미해져가는
영원히 닿을수 없는 곳으로

34. 지나 버린 듯

지나가 버린 듯
믿어지지 않으나
그렇게 지나가 버린 듯

흘러가 버린 듯
돌이킬 수 없이
그렇게 흘러가 버린 듯

잡을 수 없을 듯
손짓해 보아도
아마 잡을 수 없을 듯

35. 오랜 시간이 지나

너무 오랜 시간이
지났습니다

잊어 버린 듯
기억속에서 사라져 버린 듯
그렇게 시간이 지났습니다

다시는 대화를 하지도
연락도 안 되리라
생각했습니다

아무런 희망도 기대도
없었습니다

어느 한 순간
생각지도 않게 연락이 왔습니다

잊어버리지 않아
다행입니다

다시 말을 나눌 수 있어
다행입니다

어떻게 될지는 모르나
연락이라도 끊어지지
않기를 바랄 뿐입니다.

36. 파도처럼 낙엽처럼

파도처럼 부서져 간다

어디로 가는지
어떻게 되는지
알 지도 못한 채

낙엽처럼 떨어져 간다

미련도 없이
희망도 없이
모든 것을 버린 채

37. 수레바퀴

그렇게
가난하고 외로웠다

하늘이
나를 돌아보지 않는다
생각했다

끊임없이 계속되는
그 반복이

홀로 서야만 했던 나를
지치고 힘들게 만들었다

끝내고 싶어도
끝낼 수 없는
그 수레바퀴가

그렇게 짓누르고
억압했는지 모른다

벗어나고 싶었지만
결국 그렇게 깔려버리고
말았나보다

38. 뒤돌아 봐도

길이 아닌듯 하여
뒤돌아 보았습니다

앞으로만 자꾸 가는
나 자신을 멈추려 했지만
그러지 못했습니다

너무 많이 온 줄 알았지만
멈추지 못했습니다

이제 돌아가려 해도
돌아갈 수 없음을 압니다

길은 그렇게 끊어져
나의 가슴에 못을 박고

이제는 뒤돌아 봐도
아무것도 없었습니다

39. 그렇게 믿고

소중했기에
거두어야만 했습니다

외면할 수도
지나칠 수도 없었습니다

해줄 수 있는 것이 없을지라도
옆에서 지켜봐야만 할지라도
받아들이기로 하였습니다

후회하지는 않을 것입니다

따뜻한 마음으로
진실한 마음으로
시작된 것이기에

그렇게 믿고 가려합니다.

40. 스쳐 지나가고

기억도 나지 않습니다
어떤 일이 있었는지

스쳐가는 인연은
아무겁도 남기지 않는가 봅니다

소중했다고 생각했는데
아름답다 생각했는데

추억마저 의미없고
시간마저 허무한 듯합니다

그렇게 점점 잊혀져
이제는 아무것도
남지 않나 봅니다

41. 사라지기 전에

모든 것이 사라져 버리기 전에
다시 돌아오지 않을 것을 놓치기 전에
아름다운 것들이 멀어져 가기 전에
내가 하고 싶은 것들을 할 수 없기 전에
돌아오지 않을 그 순간들이 지나가기 전에
소중한 사람들과 이별하기 전에

42. 아직 아니지만

아직 오지 않았지만
언젠가 올 것이라는 걸 압니다

기다리다 지치면
잠시 쉬어도 됩니다

아무것도 하지 않은 채로
아무 생각도 하지 말고
잠시 쉬어도 됩니다

기다리다 보면
그렇게 기다리다 보면
언젠가 그 날이 올 것입니다

43. 너에게

내가 닿을 수 없는 그 곳
거기서 잘 지내고 있나요

이곳은 무더운 여름인데
그곳은 햇빛이 뜨겁지 않나요

우리가 같이 들었던 빗소리
거기서도 들을 수 있나요

같이 보며 즐거워했던 꽃들
거기에도 피어 있나요

함께 들었던 잔잔한 음악
거기서도 들을 수 있나요

아직도 나는 너를 느낄 수 있는데
너도 나를 느끼고 있나요

살아있음을 느끼지 못하는 건
무슨 이유 때문인가요

44. 발길을 돌리고

들리지 않는 소리만
외쳤나 봅니다

혹시나 뒤돌아 볼까봐
가던 길을 멈출 것 같아서

이제는 소리쳐
부르지 않으렵니다

발길을 돌려서
가야 할 길로 가려 합니다

45. 구름에 바람에

닿을 수 없는 곳을 바라보며
구름에 마음을 얹어봅니다

닿을 수 없는 곳을 생각하며
바람에 마음을 실어봅니다

그렇게라도 갈 수가 있다면

모든 것을 내려놓고
구름에, 바람에 실려

한번이라도 갈 수만 있다면

46. 파도

파도는 밀려왔다 밀려가고
내 곁에 머무르지 않았다

수많은 파도가 그렇게
왔다가 갔거늘
나와 함께 하는 파도는 없었다

그 파도에 옷이 젖고
마를 새 없이
또 옷이 젖어도
끊없이 왔다 다시 가기만 했다

내 곁에 머무르라 소원했지만
이제 그렇게 되지 않음을
받아들일 뿐이다

47. 눈물

울고 싶어도 울지 않는다
무너져 내릴까봐

약해지고 싶어도 약해지지 않는다
버티고 버틸 뿐이다

내 눈에서 눈물이 마른지
많은 시간이 흘렀다

이제 눈물샘이 말랐는지
눈물이 나지 않는다

그런데도 가끔씩 눈물을
흘리고 싶은 까닭을
알 수가 없다.

48. 대답하지 않으니

물어도 대답하지 않았습니다

나는 모르는 데
알고자 했지만
알려주지 않았습니다

이유를 알 수 없었습니다

궁금했지만
물어도 대답하지 않으니
알 수가 없었습니다

그렇게 마음은 떠나가나 봅니다

알려고 해도 알려주지 않고
물어도 대답해주지 않으니
방법이 없기 때문입니다

어려운 것이 아니었는데
문을 열지 않으니
할 수 있는 것이 없었습니다

이제는 열리지 않는 문을
바라지 않고 마음을 접었습니다

시간이 흘러도 돌이키지 못하는 것은
그런 이유때문일 것입니다

49. 작별

이제는 이별을 해야 할
시간인가 봅니다

원없이 사랑했고
모든 것을 주었기에
후회하지 않습니다

내가 할 수 있는 것을
다했기에 더 이상
바라는 것도 없습니다

함께 했던 시간들이
고맙고 감사할 뿐입니다

아름다운 추억은
가슴에 영원히 남을 테니
이제 마음 편히
안녕을 고합니다

50. 언덕에서

높은 언덕에 올라
먼산을 바라봅니다

그 사람이 오는지
눈이 닿지 그 멀리까지
한 없이 바라봅니다

기다리고 또 기다리다
해는 뉘엿뉘엿 넘어가고
새들은 이미 집으로
돌아갔습니다

집집마다 저녁짓는
연기는 피어오르 것만
나는 아직도 이 언덕에서
저 멀리 바라볼 뿐입니다

51. 손을 잡고자 해도

다소곳이 걸어가다
발 길을 멈추었습니다

얼굴을 한 번 보고
또 다시 한번 보고
손을 잡고 그렇게 걸었습니다

이것만으로도
충분히 행복했고
더 바랄 것이 없었습니다

이제는 잡고자 해도
잡을 손이 없습니다

저 하늘 나라에 가서나
잡을 수 있을 지 모르겠습니다

52. 대답할 수 없기에

불러도 대답할 수가 없습니다

그렇게 애썼건만
돌아오지 않는 메아리로
나의 무릎이 꺾이었습니다

이제 무릎을 다시 펴고
일어날 수 없기에
대답조차 할 수가 없습니다

시간은 그렇게 흘러
돌이켜지지 않으니
운명의 화살처럼
떠나가 버리고 말았습니다

아쉬워도 어쩔 수 없음에
바람에 마음을 실어
보낼 뿐입니다

53. 사라져 버리고

어디론가 사라져버렸습니다
나도 모르는 사이에

주위를 아무리 둘러봐도
찾을 길이 없었습니다

오래도록 옆에 있을 줄 알았건만
그렇게 믿고만 있었는데

어느새 어디로 가버린 것인지
알수가 없었습니다

다시 내 옆에 나타나지
않을 듯 합니다

기다리고 기다려도
그런 일은 없을 듯합니다

54. 가고 온다는 것

그렇게 가고
그렇게 옵니다

가고 오는 것은
내가 어찌할 수 없기에

있는 자리에서
바라보기만 합니다

어떤 일들이 일어날지 알 수 없고
어떤 시간들로 채워질지
알 수 없습니다

아름다운 순간들로
가슴 벅찬 순간들로
채워지길 바랄 뿐입니다

55. 선택

선택할 기회가
있다는 것만으로도
축복이라는 것을
이제야 알았습니다

아무런 선택도
어떤 선택도
주어지지 않기에

아무것도 할 수 없어
초라해질 수밖에
없었습니다

바라보는 것만으로
침묵하는 것만으로
이제는 만족해야 합니다

56. 끝과 시작

끝은 또 다른
시작인가 봅니다

더 이상 아무것도
없을거라 생각했건만

햇빛도 따스함도
없을거라 생각했건만

또 다른 봄이
다가오고 있습니다

오래된 어두움도 지나고
이제 밝은 빛도 찾아올 것입니다

새로운 시작을 알리는
종소리가 곧 울릴 것입니다

57. 이어가야

끊을 수 없으니
이어가야 하고

돌아설 수 없으니
마주해야 하고

외면할 수 없으니
받아들여야 하네

다른 선택을 할 수 없기에
내려놓을 수밖에

58. 바람은 불어

바람은 소리없이 불어
나뭇잎을 흔들고

당신은 소리없이 다가와
내 마음을 흔든다

바람은 나뭇잎을 사이로
지나가 버리고

당신도 어디론가 다시
스쳐 지나갈 뿐이다

59. 그 시절

그동안 걸어온 길은
아득히 멀어지고

닿지 못할 것들은
점점 뚜렷해지네

주변엔 허물어내린
흔적들이 쌓이고

이제는 복잡함보다는
단순해지는 일상들

이제는 돌아갈 수 없으리
그때 그 시절로

60. 그 모습

익숙한 그 모습
영원히
잊히지 않을 것입니다

귀에 익은 목소리
영원히
남아 있을 것입니다

가장 소중한
그 모습과 목소리
나의 처음과 끝이었기에

이 땅에서
생명이 다할때까지
마음속에 남을 것입니다

61. 이제는

다가와도 잡지 못하고
떠나가도 잡지 못합니다

이제는 할 수 있는 것이 없어서
더 이상 가능한 것이 없어서
말없이 바라보기만 합니다

말하지 못한 채
내색도 못한 채
오는 것과 가는 것에
눈길만 줄 뿐입니다

62. 그렇게 될 줄 알았기에

언젠간 떠나갈 것이었습니다

그 시간이 조금
앞당겨진 것일 뿐입니다

떠나지 않길 바랐지만
잡는다고 머무르지
않음을 알고 있었습니다

오래전부터
아주 오래전부터

그렇게 되리라
생각했던 듯합니다

그렇게 될 줄 알았기에
그렇게 쉽게 놓아주었나 봅니다

63. 회상(回想)

내 마음에
풍경소리 들린다

먼곳에서 희미하게
오래도록 끊임없이

내 마음에
새벽종소리 들린다

저멀리서 은은하게
그곳에서 이곳으로

64. 두 개였나 보다

심장이 두 개였는지도 모른다
하나는 이미 멈추었고
다른 하나가 뛰고 있는가 보다

마음이 두 개였는지도 모른다
하나의 마음은 이미 사라졌고
나머지 마음으로 살아가는가 보다

영혼이 두 개였는지도 모른다
하나의 영혼은 없어져 버렸고
남은 영혼으로 살아가는가 보다

65. 푸른 소나무

항상 그 자리에 있었습니다
변함없는 모습으로
말없이 바라보면서

끝까지 믿어주었습니다
어떠한 경우에도
무슨 일이 일어나도

영원히 지켜주었습니다
늘 푸른 소나무처럼
든든한 보호막으로

66. 보이지 않아

보이지 않아 몰랐기에
그렇게
흘러가 버리고 말았네

이른 새벽 뿌연 안개처럼
그렇게
가려져 있었네

애쓴다 한들 볼 수 없음을
어떻게
알 수 있었을까

이제는 아무 소용없이
이렇게 앉아
세월을 되씹고 마네

67. 흔적

스쳐 지나가는 것이어도
그렇게 남아 버렸다

머무는 것 같아도
그렇게 사라져 버렸다

찰나인 것도 아닌
영원한 것도 아닌

그 모든 것들이
그렇게 남겨져 버렸다

68. 가시덤불

알 수 없는 가시덤불속으로
스스로 들어가버렸다

그것이 무엇인지도 모른 채
어떤 일이 일어나도
상관 없다는 듯이

나오려 해도
나올 수가 없었다

곳곳이 가로막혀서
상처가 덧나고 덧나

영원히 그곳에
머무르게 될 운명이었다

69. 하늘을 바라보고

하늘을 바라보고
또 바라보았습니다

하늘은 저렇게
변함없이 높고 푸른데

일상은 하루가 다르게
변해 갑니다

함께 했던 사람도
하루가 무섭게 변해 갑니다

늘 푸른 저 하늘처럼
변함없는 것들이
그리워집니다.

70. 알 수 없는

천사의 품에 안겨
미지의 곳으로 가려는 듯

햇빛이 비춰주는
밝은 곳을 스쳐 지나

별 빛을 벗삼아
어둔 곳도 두려움 없이

돌아오지 않는
순간의 시간을 넘어

감정을 잃은
초월의 세계를 건너

꽃의 향기를 품은
나비의 날갯짓으로

차원도 가늠 못하는
알 수 없는 그곳을 향해

71. 미움

미워하고 싶지는
않았습니다

어떻게든 그렇게까지
되고 싶진 않았습니다

그런데
정말 그런데

당신이 미워하게
만들었습니다

아무리 그러지
않으려 해도
그럴 수밖에 없게 되었습니다

나의 의지는
초라해 버린 채
메말라 버리고 말았습니다

72. 그 아이

담벼락 귀퉁이
보이는 듯
보이지 않는 듯

서산에 해는 걸리어
이제는 가야 하건만

검은 머리칼
하얀 고무신
기다리던 마음

못내 아쉽다

73. 그렇게 된듯

내 생각을 했던
것일까요

그렇게 자주 만났어도
몰랐던 것일까요

그것이 아니면
시간이 지나며
그렇게 된 것일까요

이제 와 생각하니
언제부턴가
가랑비내리듯
그렇게 된듯 합니다

그래도 이제는
그 모습으로
받아들이려 합니다

74. 그 목소리

그 목소리
잊을 수가 없습니다

오랜 시간이 지났어도
많은 것이 기억에서
사라졌어도

다시 그 목소리
듣고 싶습니다

가까이에서
정녕 들을수 있는
거리에서

75. 짐

무거운 짐을
마음을 누르는
그 무거운 짐을
언젠간
내려놓을 수 있는
그날이 오리니
오늘
짊어진 그 짐을
너무 힘들게
생각하지는 않으리

76. 주고 싶건만

진정으로
도와주고 싶건만

있는 것을
모두 주고 싶건만

그렇게
할 수 없음에
더 안타깝기만 합니다

언젠간
그럴 날이 올 수 있기를
마음 깊은 곳에서
소원합니다

77. 세월 속에서

스쳐간 인연들이 고마운 것은
그 또한 삶의 일부였기에

미웠던 마음이 사라지는 것은
좋았던 시절이 있었기에

서운한 감정이 없어지는 것은
이제는 마지막이라 생각하기에

다시는 만나지 못할 수도
다시는 마음을 전하지 못할 수도
다시는 공감을 못할 수도

이제는 영영 끝일 수도

78. 떠나지 못하고

떠나려 했거늘
무언가가 붙잡습니다

미련없이 그렇게
가려했는데
발길이 떨어지지 않습니다

아무래도
끝까지 함께
하려나 봅니다

79. 이제는

아무리 해도
되지 않았습니다

이 길이 아님을 알건만
도저히 받아들일 수 없건만
어떻게든 가지 않으려 했건만
그렇게 되고 말았습니다

모든 것이 나의 잘못임을 알지만
이제는 돌이킬수가 없음을 압니다

어떤 것으로도 소용 없기에
눈을 감고 마음을 비울뿐입니다

80. 기대하지 않기에

새로운 만남이
기대가 되지 않음은
끝이 나쁘다는 것을
알기 때문이다

어차피 끝은
있기 마련이고
그 끝이 아름답기가
쉽지 않음을 잘 알기에
기대는 저편에 있을 뿐이다

영원히 반복되는
삶의 여정에 지치며
이제는 끝과
작별을 고하리라.

81. 끊긴 인연

보고 싶어도 볼 수 없고
만나고 싶어도 만날 수 없는

커다란 장벽에 가리워
끊어진 인연은
결국 이어지지 못하는 것인지

82. 못 보게 될지도

언제 못 보게 될지도 모릅니다

즐겁고 행복했던
시간이 언젠간
끝나게 되겠지요

그런 날이 오지 않기를
바라지만

그 바람은 이루어지 않을 것임을
너무나 잘 압니다

삶은 그런 애달픔의 연속인가 봅니다

83. 언젠간

언젠간 올 것입니다

문을 열고 반갑게
찾아올 것입니다

오랜 시간이 걸려도
세월이 다 흘러가도
끝까지 기다리렵니다

모든 것이 환하게 밝아지며
새소리 재잘거리는
그 언젠가의 날에
반드시 올 것입니다

84. 스쳐가는 인연

궁금하지 않습니다
아마 그리 많이
사랑하지 않았나 봅니다

보고 싶지도 않고
그립지도 않습니다

스쳐가는 바람처럼
스쳐가는 인연이었나 봅니다

85. 소용이 없으니

매달린 채 발버둥 쳐도
소용이 없습니다

아무리 얘기해도
들리지도 않나 봅니다

모든 것을 동원해도
소용이 없기에

이제는 끝인가 봅니다

86. 이어지고

끊어질 듯 이어진 것이
벌써 몇 번인지
모르겠습니다

그만두려 마음먹은 것도
벌써 몇 번인지
모르겠습니다

그렇게 시간이 흘러
여기까지 와 버렸습니다

이제는 그렇게 묻어버려
흘러가려나 봅니다

87. 이제는

이해해주고
받아주니
믿음이 생겼습니다

따지지 않고
그러려니 하니
함께 할 수 있었습니다

이제는 믿고
의지할 수 있어
행복합니다

88. 바라보니

나만 바라보니
힘에 겹기도 하고

나만 바라보니
좋기도 하고

나만 바라보니
힘들기도 하고

나만 바라보니
행복하기도 힙니다

89. 업어달라

이제는 달려와
엎히려나 봅니다

업어주겠다 해도
업히지 않았거늘

무슨 일인지
이제는 먼저
업어달라 합니다

진작 업어달라 했으면
얼마나 좋았을까요

지금이라도 업어달라니
소원은 이루어지나 봅니다

90. 잘 되기를

내가 해줄 수 있는 것이
하나도 없는 것 같아

내가 무언가라도
할 수 있기를 바라건만
허락되지가 않아

미안하고 아쉬워서
잠은 오지 않고
다만 모든 것이 잘되기를
바랄 뿐이야

무 명 (無名)

정태성 시집 (12)　　값 8,000원

초판발행　2022년 12월 1일
지 은 이　정태성
펴 낸 이　도서출판 코스모스
펴 낸 곳　도서출판 코스모스
주　　소　충북 청주시 서원구 신율로 13
대표전화　043-234-7027
팩　　스　050-7535-7027

ISBN 979-11-91926-34-7